BIOGRAPHIE

DE

FRANÇOIS ARAGO

Paris. — Imp. de Mme de Lacombe, rue d'Enghien, 14.

DOMINIQUE-JEAN-FRANÇOIS ARAGO,

Membre de l'Institut de France,

Né à Estagel le 26 février 1786. — Mort le 2 octobre 1853.

BIOGRAPHIE

DE

FRANÇOIS ARAGO

Sa naissance. — Sa Vie. — Ses Travaux. — Sa Mort.

DISCOURS PRONONCÉS SUR SA TOMBE.

PAR

B. LUNEL,

MEMBRE DE L'ACADÉMIE IMPÉRIALE DES SCIENCES DE CAEN.

PRIX : 1 FR. 25 CENT.

PARIS.

GRUNER, LIBRAIRE-ÉDITEUR,
RUE SERPENTE, 26.

1853

BIOGRAPHIE

DE

M. ARAGO.

Le nom d'Arago est lié à l'histoire de l'Astronomie, comme celui de Chateaubriand à celle de la littérature, comme celui d'Orfila à celle de la toxicologie. C'est qu'il est de ces hommes, dans les sciences, qui réunissent tant d'opinions diverses, qui enlèvent tant de suffrages, qu'on ne saurait rien dire de nouveau pour en faire l'éloge : les hommes de la trempe dont nous parlons savent retrouver l'ensemble d'une science dans l'une de ses sections. Souvent même, le moment où d'autres sont préoccupés de l'étude d'un fait particulier, est celui où l'intelligence de l'ensemble se fait chaque jour dans leur esprit avec plus de clarté et de profondeur. D'ailleurs, toute la vie de M. Arago a prouvé qu'il était de la famille de ces esprits d'élite.

Dominique-Jean-François ARAGO, naquit à Estagel, près de Perpignan (Pyrénées-Orientales), le 26 février 1786. Dès ses plus tendres années, il montra un goût tellement prononcé pour les sciences, que son père, payeur à l'Hôtel des Monnaies de Perpignan, n'hésita point, malgré sa position de fortune plus que modeste, à s'imposer de grands sacrifices pour doter son fils aîné d'une bonne instruction littéraire et scientifique (1).

Les colléges de Perpignan et de Montpellier l'eurent pour élève, et ses progrès furent tellement rapides, qu'il se présentait, avant dix-huit ans, aux examens de l'École Polytechnique. Il résolut avec tant d'aptitude les questions qui lui furent présentées, qu'il fut le premier de tous les candidats, rang qu'il sut conserver jusqu'à sa sortie de l'école.

En 1802, alors que M. Arago était encore élève à l'Ecole Polytechnique, il fut appelé, comme toute la nation, à voter sur le Consulat à vie, que le Sénat conservateur et le Corps législatif devaient décerner à Bonaparte. Il eut le courage de voter négativement, nous offrant déjà la première preuve d'une indépendance qui ne s'est jamais démentie chez lui.

Dès sa sortie de l'école qui a fourni tant de savants dans les mathématiques, le génie, l'armée, M. Arago fut attaché, en qualité de secrétaire bibliothécaire, au bureau des Longitudes. Presque en même temps il se faisait remarquer, dans le monde savant, par un travail sur les *affinités des corps par la lumière*, et particulièrement sur les *forces refrigérantes de certains Gaz.*

La Convention nationale, à laquelle on dut l'abolition de l'esclavage dans les Colonies, la fondation de l'Ecole Polytechnique, du Conservatoire des Arts-et-Métiers, de l'Ecole Normale, etc., decréta l'Etablissement du système décimal, afin de remédier au défaut d'uniformité dans les poids et mesures qui variaient suivant les pays. Pour déterminer une unité invariable de mesure, unité qu'on peut toujours retrouver dans la nature, elle se servit des dimensions du globe. Elle chercha la longueur de l'arc du méridien qui mesure la distance du pôle à l'équateur, et prit de cette mesure, qui est le quart de la circonférence de la terre, la dix millionième partie.

(1) Dans la *Biographie des Contemporains*, il est dit que M. Arago ne savait pas lire à quatorze ans. C'est une erreur qui doit se trouver détruite par les faits d'une rigoureuse exactitude que nous présentons dans la biographie de l'illustre académicien.

Méchain et Delambre, chargés de ce travail gigantesque, sans rival dans les annales de la science, l'exécutèrent avec une telle précision, que leurs calculs, vérifiés par une commission de vingt-deux savants, furent trouvés exacts. Au milieu des dangers de toute espèce, de l'inclémence des saisons, des difficultés de terrains, des orages politiques qui mirent plusieurs fois leur courage et leur zèle à l'épreuve, Méchain et Delambre étaient parvenus à mesurer la partie de l'arc du méridien qui sépare Dunkerque de Barcelone. M. Arago fut alors appelé par l'Empereur à faire partie de l'expédition scientifique envoyée en Espagne sous la direction de M. Biot, pour continuer les opérations de la mesure exacte du méridien jusqu'aux îles Baléares, de concert avec les commissaires espagnols Chaix et Rodriguez.

C'est ici que commence pour M. Arago cette série d'aventures dramatiques, au milieu desquelles ce jeune savant faillit perdre la vie. « Au moment où il venait d'établir un poste d'observation au sommet de la montagne de Galatto, dans l'île de Mayorque (1), la guerre éclate entre la France et l'Espagne, et le bruit se répand que les feux et les signaux qu'on aperçoit ont pour but de signaler une division de l'armée française. La population soulevée se porte en masse vers la montagne en poussant des cris de mort ; mais Arago, déguisé en paysan, traverse les assaillants avec ses papiers les plus précieux, et se réfugie à Palma sur un vaisseau espagnol. — Presque aussitôt Palma (2) est investi, et le capitaine du navire ne trouve d'autre moyen de sauver Arago qu'en le faisant enfermer dans la citadelle. Il y reste trois mois, et passe enfin à Alger, emportant les instruments qu'il a pu sauver. Par les soins du consul de France, il est embarqué sur une frégate algérienne qui met à la voile pour Marseille. Mais au moment où elle doit entrer dans le port, elle est prise par un corsaire espagnol qui transborde Arago sur les pontons de Palamos (3). Tout l'équipage, rendu à la liberté, reprend la route de Marseille. Il en approche encore une fois, quand la tempête l'en éloigne et le pousse sur les côtes de la Sardaigne, où les habitants, en guerre avec les Algériens, refusent de le recevoir. Enfin, malgré une voie d'eau, qui met le

(1) La plus grande des Baléares (Espagne).
(2) Capitale de l'île Mayorque.
(3) Petite ville de la Catalogne (Espagne).

navire en péril, on débarque à Bougie. Malheureusement, le dey, qui a fait preuve de tant de bienveillance en faveur de M. Arago, a été tué dans une émeute ! Son successeur, devant qui est amené le jeune savant, l'embarque comme esclave sur un corsaire de la Régence, à bord duquel il remplit les fonctions d'interprète. Enfin, notre consul le fait remettre en liberté. Il met une troisième fois à la voile pour Marseille, où il arrive, non sans danger, ayant échappé à la poursuite d'une frégate anglaise qui croisait devant le port. »

De retour à Paris (1809), la science, les fatigues et les périls de M. Arago sont récompensés en même temps par sa nomination, après dispense d'âge, à l'Académie des Sciences. Napoléon le nomme professeur à l'École Polytechnique, peu après, directeur de l'Observatoire, établissement qu'il réorganise et qui lui doit ses plus beaux titres de gloire, et chevalier de la Légion-d'Honneur, le 8 avril 1815 (1).

Ces honneurs n'étaient qu'une justice rendue au talent et au mérite, car M. Arago avait déjà conquis le titre de savant. En effet, non seulement il avait beaucoup appris, mais encore il s'était, pour ainsi dire, approprié tout ce qu'il avait vu, lu et entendu ; il avait mûrement réfléchi sur tout ; il avait classé méthodiquement ses idées, et, doué d'un esprit capable de juger des rapports, il s'était formé des principes vrais, y rapportant tout et ne s'en écartant jamais.

La première partie de la longue carrière de François Arago, a dit M. L. Havin, fut exclusivement consacrée à la science. Il étudia successivement, avec un éclatant succès, les phénomènes de l'optique, les modifications qu'éprouvent les rayons lumineux dans leurs passage à travers certains corps diaphanes, les déclinaisons des étoiles, le galvanisme, l'électricité, la mesure de la terre, les fluides impondérables, etc. Ses belles expériences électro-magnétiques lui méritèrent, en 1825, une distinction qu'aucun Français n'avait obtenue : la société royale de Londres lui décerna, à l'unanimité, la médaille Copley, et le président, sir Humphrey Davy, dit à

(1) M. Arago était grand-officier de la Légion-d'Honneur lorsqu'il mourut.

M. South, chargé de la lui porter : Assurez M. Arago du vif intérêt que nous prenons à ses ingénieuses et importantes recherches. Dites-lui que nous avons la plus grande impatience de le voir continuer ses travaux dans un champ si neuf et si fertile.

Pendant quinze années (de 1816 à 1831), M. Arago professa l'analyse et la géodésie à l'École Polytechnique. Sa prodigieuse activité lui permettait néanmoins de remplir un grand nombre de fonctions. Ses vastes connaissances l'avaient fait nommer membre du Jury central, pour l'examen des produits de l'industrie ; membre du conseil de perfectionnement au Conservatoire des Arts-et-Métiers, directeur du Bureau des Longitudes. Dès 1818, M. Arago ouvrit à l'Observatoire un cours pratique d'astronomie qui a singulièrement contribué à propager les principes d'une science que la plupart des gens du monde ignoraient totalement. Nommé secrétaire perpétuel de l'Académie des Sciences en 1830, en remplacement de M. Fourier, il sut se rendre digne du poste éminent auquel l'avait élevé le suffrage de ses savants collègues.

En 1830 commence la carrière politique de M. Arago. Lié assez intimement avec le duc de Raguse (maréchal Marmont), il profite de l'influence que lui donnait cette amitié, pour aller, au milieu des événements de Juillet, l'inviter à ne point exécuter les ordres qu'il avait reçus. En 1831, il fut envoyé à la Chambre des députés par le collége de Perpignan, qui l'élut en même temps que le département de la Seine. Il avait donc à opter pour l'une ou l'autre de ces élections; mais, comprenant que le mot *patrie* renferme quatre choses essentielles, le climat, le domicile, la propriété et la société, il n'hésita point à opter pour le collége de son pays natal.

Dès son entrée à la Chambre des députés, M. Arago se plaça dans les rangs les plus avancés de l'opposition, entre Laffitte et Dupont (de l'Eure). Il défendit constamment les libertés publiques, et signa le compte-rendu de 1832. L'institution du jury, c'est-à-dire de cette commission de citoyens chargée de constater l'existence d'un délit, que menaçait le ministère du 11 octobre, fut soutenue chaleureusement par M. Arago, qui fit également rejeter le système de construction et d'exploitation des chemins de fer par l'État, plaida la cause des réfugiés politiques, et se prononça formellement pour la réforme électorale.

L'influence de la haute renommée de M. Arago et ses vastes connaissances lui permettaient d'éclairer une foule de questions présentées à la Chambre. Cette influence était telle, qu'on votait bien rarement les budgets relatifs aux établissements scientifiques, littéraires, industriels, sans avoir connu sa pensée à cet égard. C'est que M. Arago était doué d'un jugement solide et profond, d'une logique sûre et bien exercée ; enfin, d'une érudition vaste et étendue. On votait des fonds pour les bibliothèques, lorsqu'il avait démontré l'importance de ces établissements, et fait connaître la part immense qu'elles ont à revendiquer dans tous nos succès littéraires. Il cherchait à convaincre ses collègues que les progrès des sciences, des lettres et des arts étaient subordonnés en partie aux bons produits de l'imprimerie ; il aurait voulu voir des bibliothèques spéciales sur l'industrie, où chacun de nos ouvriers habiles eût puisé les lumières de la théorie, dont le défaut leur cause souvent tant de déceptions ; on votait des fonds pour les écoles d'arts-et-métiers, lorsqu'il avait dit qu'elles concourent puissamment à former des élèves capables et intelligents, et prouvé, par la statistique des récompenses qui se décernent dans nos Expositions nationales, que les élèves de ces écoles ont une large part dans le progrès relatif à l'industrie en particulier, et aux arts en général. En un mot, toutes les fois que la science était intéressée dans une question, le député des Pyrénées-Orientales y exerçait une influence égale à sa haute réputation.

Quoique M. Arago fût un des adversaires de l'exécution des chemins de fer par l'État, il n'en appréciait pas moins l'importance des communications rendues faciles. Il savait que de toutes les questions d'intérêt matériel, il n'en était pas de plus importantes pour le commerce, l'industrie et pour toutes les affaires en général, que celle des voies rapides de communications. Il n'ignorait nullement que tout ce temps consacré au transport des denrées, des machines, que toutes ses forces consommées s'estiment, s'évaluent et forment une dépense qui, ajoutée au prix de la production, la rend beaucoup plus chère. Il regardait comme une erreur de calculer lorsqu'on entreprend une voie nouvelle de communication, si elle rapportera plus ou moins à celui qui en fait les frais. Il faut examiner, disait-il, en 1840, à une Académie, le résultat de cette nouvelle voie de communication : il faut envisager l'importance de la diminution des frais de transport et celle de la durée des transports ; il faut tenir compte aussi de ces rapides et faciles rapports entre les citoyens, la création de nouvelles industries, l'accroissement du travail, le prompt écoulement des produits qui n'avaient pas de débouchés; enfin, l'activité immense et l'essor prodigieux donné à l'industrie. Voilà à quoi il faut songer lorsqu'on veut que les communications de citoyens à citoyens, que le commerce, les arts et l'industrie fassent l'honneur d'une nation.

Une des découvertes les plus précieuses et les plus admirables de notre siècle est le télégraphe électrique (1), si éloquemment appuyée par M. Arago. Ce député parle, et les distances disparaissent: le télégraphe électrique transmet la pensée d'un bout de la terre à l'autre en moins d'une seconde!

---

(1) Dès 1771, Le Sage avait établi, à Genève, un télégraphe électrique, composé de vingt-quatre fils métalliques, séparés les uns des autres et plongés dans un chronomètre; *Lomond* et *Reiser* s'étaient occupés plus tard de cette découverte, et *D. F. Salva* avait lu, vers la fin du dernier siècle, à l'Académie des Sciences de Madrid, un *Mémoire sur l'Application de l'Electricité à la télégraphie*, et présenté un télégraphe électrique qu'il avait inventé. La découverte du fluide électrique à courant (*pile de Volta*) ouvrit à tous ces essais une ère nouvelle.

En 1811, *Sœmmerring* proposa, à l'Académie de Munich, un plan complet de télégraphe, fondé sur l'emploi, comme moyen indicateur, de la décomposition de l'eau; *Schweigger* simplifia beaucoup le télégraphe de Sœmmerring, dont les modifications, signalées par ce même Schweigger, avaient été entrevues par *Fechner*, et n'avaient point échappé non plus à M. *Ampère*, ainsi que le fit observer M. *Arago* à l'Académie des Sciences, le 2 octobre 1820. Différents essais furent tentés plus récemment par MM. *Steinheil*, *Morse*, *Amyot*, *Masson*, *Bréguet*, etc. Enfin, le 12 juin 1837, M. *Wheatstone* prit la première patente du système électro-télégraphique qu'il modifia en 1840, et qui permet de transmettre les signaux avec une rapidité telle, que dans l'espace d'une seconde ils pourraient faire cinq ou six fois le tour du monde.

Considérés sous le point de vue scientifique, les résultats du télégraphe électrique sont immenses, et l'on ne peut calculer les nombreuses applications de cet appareil. Ainsi, la détermination des longitudes, opération si minutieuse de l'astronomie, n'offre plus de difficulté. Une horloge, d'après une disposition particulière, peut donner l'heure à toute une maison, toute une ville, et cela avec une exactitude rigoureuse. D'un autre côté, au moyen du télégraphe électrique, le glaive de la loi peut atteindre promptement le coupable qui voudrait se dérober à la justice. Citons,

« M. Arago, » a dit M. Flourens sur la tombe de cette illustration, « avait le génie de l'invention. Oui ! ajouterons-nous, M. Arago avait le génie qui crée, dirige et organise ; sublime inspiration qui se développe par un instinct spécial, par une grâce d'en haut, ou par une meilleure conformation des organes ! Mais qu'on ne croie point, quoiqu'on dise, que le génie soit une faveur spéciale de la nature : *il tient aussi*, selon nous, *au perfectionnement volontaire et successif de notre organisation ;* il est, par conséquent, le résultat du travail, de la méditation et d'une volonté ferme d'arriver au but qu'on se propose d'atteindre. « Si j'ai fait quelque découverte, disait Newton, c'est en pensant sans cesse au sujet qui m'occupait, en l'envisageant sous toutes ses faces ; la recherche d'une vérité cachée m'en a souvent découvert d'autres auxquelles je n'eusse jamais songé. Une découverte en amène une autre, et l'on est étonné soi-même des aperçus qui naissent d'un examen sérieux et attentif. » Néanmoins, le génie de l'invention s'est manifesté souvent

---

à ce sujet, deux faits rapportés par M. Haffer, dans son nouveau *Dictionnaire de Chimie :*

« Au mois de janvier 1844, un assassinat fut commis à Saint-Hill, et l'assassin, s'étant rendu immédiatement à Slough, y prit une place pour Londres, dans le convoi du chemin de fer qui passait à 7 heures 42 minutes du soir. La police, avertie du crime, était déjà à la poursuite du coupable ; mais elle arriva à Slough presque au moment où le convoi devait arriver à Londres. Aussitôt la dépêche suivante est envoyée au télégraphe électrique de Paddington : « Un meurtre vient d'être commis à Saint-Hill. L'individu soupçonné d'être l'auteur de ce crime a été vu prenant un billet de voiture de première classe. » Trois minutes après, la réponse suivante arrivait à Slough : « Le convoi vient d'arriver : un individu répondant, sous tous les rapports, au signalement donné par le télégraphe, est sorti du compartiment désigné ; il est arrêté. »

« Il y a peu de temps qu'un convoi de chemin de fer apportait, à Norwich, la nouvelle de la chute du pont suspendu de Yarmouth. Qu'on juge de l'inquiétude et de l'effroi des habitants : ils avaient presque tous leurs enfants en pension à Yarmouth. Il coururent en foule à la gare du chemin de fer, demander des nouvelles de leurs enfants : « Tous les enfants sont sauvés, » dit le télégraphe. »

La question importante des télégraphes électriques occupa en France un grand nombre d'habiles physiciens, dont le talent nous répond des succès que nous pourrons obtenir de ce nouvel appareil.

presque subitement chez M. Arago, et ses découvertes *sur la polarisation de la lumière, sur le rapport de l'aimantation et de l'électricité, sur le magnétisme de rotation*, sont de ces découvertes supérieures qui, de l'avis de M. Flourens, *nous dévoilent des horizons inconnus et fondent des sciences nouvelles* (1).

(1) Nous croyons être utile aux lecteurs en leur disant un mot de la *polarisation*, ou modification particulière de la lumière et même du calorique.

On appelle *polarisée* la lumière qui, une fois réfléchie ou réfractée, ne peut plus être réfléchie ou réfractée sous certains angles. Les remarquables travaux de Fresnel et d'Arago ont surtout éclairci les phénomènes de polarisation et l'action mutuelle des rayons polarisés. Voici, du reste, comment M. *Fresnel* rend compte de ses recherches : « En étudiant les interférences des rayons polarisés, nous avons trouvé, M. Arago et moi, qu'ils n'exercent plus d'influence les uns sur les autres quand leurs plans de polarisation sont perpendiculaires entre eux, c'est-à-dire qu'ils ne peuvent plus alors produire de franges, quoique toutes les conditions nécessaires à leur apparition, dans le cas ordinaire, soient scrupuleusement remplies. Citons l'expérience qui appartient à M. Arago : elle consiste à faire traverser, aux deux faisceaux émanant du même point lumineux et introduits par deux fentes parallèles, deux piles de lames transparentes très minces, telles que celles de mica ou de verre, qu'on incline assez l'une et l'autre pour polariser amplement chacun des deux faisceaux, en ayant soin que les deux plans, suivant lesquels on les incline, soient perpendiculaires entre eux : alors on ne peut plus apercevoir de franges, quelque soin que l'on prenne d'ailleurs à compenser les différences de marche, en faisant varier très lentement l'inclinaison d'une des piles, tandis que, lorsque les plans d'incidence des piles ne sont plus perpendiculaires entre eux, on parvient toujours à faire paraître les franges; à mesure que ces plans s'éloignent du parallélisme, les franges s'affaiblissent, et elles disparaissent tout-à-fait quand ils sont rectangulaires, si la polarisation des deux faisceaux a été assez complète. Il résulte de cette expérience que les rayons polarisés suivant le même plan, s'influencent mutuellement comme des rayons de lumière non modifiés, mais que cette influence diminue à mesure que les plans de polarisation s'écartent l'un de l'autre, et deviennent nuls quand ils sont rectangulaires.

« Voici une autre expérience qui conduit aux mêmes conséquences. On prend une lame de sulfate de chaux ou de cristal de roche parallèle à l'axe, et d'une épaisseur bien uniforme; on la coupe en deux, et l'on place chacune des moitiés sur une des fentes de l'écran. Je suppose qu'on ait tourné les deux moitiés de manière que les

Pendant que M. Arago s'illustrait par des découvertes de premier ordre, il répondait à toutes les exigences de sa position politique. La Chambre des Députés vota, d'après les conclusions de ses rapports, la réimpression des œuvres de Laplace (1842), l'un des géomètres les plus habiles qui aient illustrés notre pays; celle d'une partie des œuvres de Fermat (1843), l'un des

---

bords, qui étaient contigus dans la lame avant sa division, soient restés parallèles; les axes le seront aussi. Or, dans ce cas, on n'aperçoit qu'un seul groupe de franges au milieu de l'espace éclairé, comme avant la division de la lame. Mais si l'on fait tourner l'une de ses moitiés dans son plan, en dérangeant ainsi le parallélisme de leurs axes, on fait naître deux autres groupes de franges plus faibles, situés l'un à droite, et l'autre à gauche du groupe du milieu, et qui en sont complètement séparés dans la lumière blanche, lorsque les lames de cristal de roche ou de sulfate de chaux dont on se sert, ont seulement un millimètre d'épaisseur. Il est à remarquer que le nombre de largeur des franges comprises entre le milieu d'un de ces groupes et celui du groupe central, est proportionnel à l'épaisseur des lames pour des cristaux de même nature, ou dont la double réfraction a la même énergie, comme le cristal de roche et le sulfate de chaux. A mesure que l'angle des deux axes augmente, ces nouveaux groupes de franges deviennent de plus en plus prononcés, et atteignent enfin leur maximum d'intensité, quand les axes des deux lames sont perpendiculaires entre eux; alors le groupe central, qui s'était affaibli graduellement, a tout-à-fait disparu, et est remplacé par une lumière uniforme. Il faut en conclure que les rayons qui les produisait par leur interférence, ne sont plus capables de s'influencer mutuellement. Il est aisé de voir, d'après la position de ces franges, qu'elles résultaient de l'interférence des rayons qui ont subi le même mode de réfraction dans les deux lames, puisque, les ayant parcourues avec des vitesses égales, ils doivent arriver simultanément au milieu de l'espace éclairé qui répond à des chemins égaux, si d'ailleurs les deux lames sont de même épaisseur, et restent toujours l'une et l'autre perpendiculaires aux rayons, comme nous le supposons ici. Ainsi, les franges du groupe central étaient formées par la superposition de celles qui résultaient : 1° de l'interférence des rayons ordinaires de la lame de gauche avec les rayons ordinaires de la lame de droite; 2° de l'interférence des rayons extraordinaires de la première lame avec les rayons extraordinaires de la seconde. Les deux groupes excentriques, au contraire, résultant de l'interférence des rayons qui ont subi des réfractions différentes dans les deux lames, et comme ce sont les rayons ordinaires qui marchent le plus vite dans le cristal de roche ou le sulfate de chaux, on voit que si l'on emploie

plus grands géomètres, helléniste et jurisconsulte de la France, et l'acquisition de l'hôtel de Cluny ; il fit accorder une pension à Vicat et acheter le procédé de M. Daguerre, procédé qui est devenu une source de fortune pour des milliers d'artistes, en même temps qu'il en ruinait un grand nombre d'autres.

---

une de ces deux espèces de cristaux, le groupe de gauche doit être formé par la réunion des rayons extraordinaires de la lame de gauche avec les rayons ordinaires de la lame de droite, et le groupe de droite par la réunion des rayons extraordinaires de la lame de droite avec les rayons ordinaires de la lame de gauche. Cela posé, il s'agit de déterminer maintenant le sens de polarisation de chacun des faisceaux qui interfèrent, pour en conclure quelles sont les directions relatives des plans de polarisation qui favorisent ou empêchent leur influence mutuelle. L'analogie indique que le mode de polarisation de la lumière doit être dans les lames minces le même que dans les cristaux assez épais pour la diviser en deux faisceaux distincts. Mais comme cette hypothèse peut être l'objet d'une discussion, et contredit même une théorie ingénieuse d'un de nos plus célèbres physiciens, nous ne la présenterons pas d'abord comme un principe certain, et nous avons recours à une expérience directe pour déterminer les plans de polarisation des rayons ordinaires et extraordinaires qui sortent de ces lames, auxquelles nous avons supposé un ou deux millimètres d'épaisseur. Cette épaisseur suffit pour qu'on puisse tailler un de leurs bords en biseau, et obtenir par cette forme prismatique la séparation des rayons ordinaires et extraordinaires ; alors on reconnaît qu'ils sont effectivement polarisés, les premiers suivant la section principale, et les autres dans un sens perpendiculaire. Si l'on ne regardait pas encore cela comme une preuve suffisante que tel est aussi leur mode de polarisation au sortir de chaque lame quand ses deux surfaces sont parallèles, on en trouverait une nouvelle démonstration dans les faits que nous venons de décrire, en partant des principes établis par l'expérience de M. Arago, et qui sont d'ailleurs confirmés par celle dont nous allons bientôt parler. Si, au contraire, on ne met plus en question le sens de polarisation des rayons ordinaires et extraordinaires, l'expérience actuelle devient une seconde démonstration de ces principes.

» En effet, lorsque les axes des deux lames étaient parallèles, les rayons qui avaient éprouvé les mêmes réfractions dans ces deux cristaux se trouvaient polarisés suivant la même direction, et ceux de noms contraires suivant des directions rectangulaires : voilà pourquoi le groupe de franges du milieu, qui provient de l'interférence des rayons de même nom, était à son maximum d'intensité, et les deux

Au milieu de ces travaux, M. Arago faisait son cours d'astronomie à l'Observatoire, enrichissait l'*Annuaire du Bureau des Longitudes* d'une foule d'articles où la science était présentée à tous les esprits avec une clarté et une lucidité admirables; enfin, il était nommé plusieurs fois président du *Conseil général de la Seine*, qu'il porta souvent à se prononcer en faveur de l'émancipation des noirs dans les colonies.

---

autres, qui résultent de l'interférence des rayons de noms contraires, ne paraissent pas encore. Mais quand les axes de deux lames formaient entre eux un angle oblique de 45°, par exemple, les rayons de noms contraires et ceux de même nom pouvaient agir à la fois les uns sur les autres, puisque leurs plans de polarisation n'étaient plus rectangulaires, et les trois groupes de franges étaient produits. Lorsque enfin les axes deviennent perpendiculaires entre eux, les rayons de même nom se trouvent polarisés suivant les directions rectangulaires, et le groupe central, auquel ils donnaient naissance, s'évanouit, tandis que les rayons ordinaires de la lame de gauche sont alors polarisés parallèlement aux rayons extraordinaires de la lame de droite, ce qui fait que le groupe de droite qu'ils produisent atteint son maximum d'intensité. Il en est de même du groupe de gauche, résultant de l'interférence des rayons ordinaires de la lame de droite avec les rayons extraordinaires de la lame de gauche.

» Voici une troisième expérience qui confirme encore les conséquences que nous avons tirées de la première. Ayant fait polir un rhomboïde de spath calcaire sur deux faces opposées, dressées avec soin et bien parallèles, je le sciai perpendiculairement à ces faces, et j'obtins de cette manière deux rhomboïdes d'égale épaisseur, et dans lesquels la marche des rayons ordinaires et extraordinaires devait être exactement pareille sous la même incidence. Je les plaçai l'un devant l'autre, de manière que les rayons partis du point lumineux qui avaient traversé le premier rhomboïde parcourussent ensuite le second, en ayant soin que leurs faces fussent perpendiculaires à la direction des rayons incidents; de plus, la section principale du second rhomboïde était perpendiculaire à celle du premier, de sorte que les quatre faisceaux qu'ils produisent en général étaient réduits à deux; le faisceau ordinaire du premier rhomboïde était réfracté extraordinairement dans le second, et le faisceau extraordinaire de celui-là était réfracté ordinairement dans celui-ci. Il résultait de cette disposition que les différences de marche provenant de la différence de vitesse des rayons ordinaires et extraordinaires se trouvaient compensés pour les deux faisceaux sortants; ils se croisaient d'ailleurs sous un angle très petit, et tel que les franges devaient avoir une largeur beaucoup plus que suffisante pour être aperçues :

Après la Révolution de 1848, M. Arago fut successivement membre du Gouvernement provisoire, ministre de la marine, chargé par intérim du ministère de la guerre, représentant à l'Assemblée Constituante, etc. Son rôle fut immense, et il sut se multiplier pour faire face aux exigences de sa haute position.

---

et cependant, quoique toutes les conditions nécessaires à la production des franges, pour les circonstances ordinaires, eussent été soigneusement observées, je ne pus jamais parvenir à les faire paraître.

» Pendant que je les cherchais avec soin, en tenant une loupe devant l'œil, je faisais varier lentement la direction d'un des rhomboïdes, en le déviant tantôt à droite, tantôt à gauche, afin de compenser l'effet résultant de quelque différence d'épaisseur, s'il s'en trouvait encore ; mais, malgré ce tâtonnement réitéré un grand nombre de fois, je n'aperçus point de franges; et cela ne doit plus surprendre, d'après ce que les autres expériences nous ont appris, puisque les deux faisceaux sortants se trouvaient polarisés à angle droit. Ce qui prouvait bien, d'ailleurs, que l'absence des franges ne tenait point à la difficulté d'arriver par le tâtonnement à une compensation exacte, c'est que je parvenais aisément à les faire paraître en employant de la lumière qui avait été polarisée avant son entrée dans les rhomboïdes, et en lui faisant éprouver une nouvelle polarisation après sa sortie.

» Il est donc complètement démontré, par les expériences que je viens de rapporter, que les rayons polarisés à angle droit ne peuvent exercer aucune influence sensible l'un sur l'autre, ou, en d'autres termes, que leur réunion produit toujours la même intensité de lumière, quelles que soient les différences de marche des deux systèmes d'ondes qui interfèrent.

» Un autre fait remarquable, c'est qu'une fois qu'ils ont été polarisés suivant des directions rectangulaires, il ne suffit plus qu'ils soient ramenés à un plan commun de polarisation pour qu'ils puissent donner des signes apparents de leur influence mutuelle. En effet, si dans l'expérience de M. Arago, ou dans celle que j'ai décrite ensuite, on fait passer les rayons sortis de deux fentes, qui sont polarisées à angle droit, au travers d'une pile de glaces inclinées, on n'aperçoit pas de franges, dans quelque direction qu'on tourne son plan d'incidence. Au lieu d'une pile, on peut employer un rhomboïde de spath calcaire : si l'on incline sa section principale de 45° sur les plans de polarisation des faisceaux incidents, de manière qu'elle divise en deux parties égales l'angle qu'ils font entre eux, chaque image contiendra la moitié de chaque faisceau ; et ces deux moitiés, ayant le même plan de polarisation dans la

Après le 2 décembre, il demanda d'être dispensé du serment. Le gouvernement, voulant lui donner une marque de la haute appréciation qu'il faisait de son talent, fit une exception en sa faveur.

Sans compter les rapports à l'Académie des Sciences, plusieurs articles

---

même image, devraient y produire des franges, s'il suffisait de ramener les rayons à un plan commun de polarisation pour rétablir les effets apparents de leur influence mutuelle. Mais l'on ne peut jamais obtenir des franges par ce moyen, tant que les rayons n'ont pas été polarisés suivant un même plan, avant d'être divisés en deux faisceaux polarisés à angle droit.

» Lorsque la lumière a éprouvé cette polarisation préalable, au contraire, l'interposition du rhomboïde fait reparaître les franges. La direction la plus avantageuse à donner au plan primitif de polarisation est celle qui divise en deux parties égales l'angle des plans rectangulaires suivant lesquels les deux faisceaux sont polarisés en second lieu, parce qu'alors la lumière incidente se partage également entre eux. Supposons, pour fixer les idées, que le plan de la polarisation primitive soit horizontal : il faudra que les plans de la polarisation suivante, imprimée à chacun des deux faisceaux, soient inclinés de 45° sur le plan horizontal, l'un en dessus, l'autre en dessous, de sorte qu'ils restent perpendiculaires entre eux. On peut obtenir cette polarisation rectangulaire, soit à l'aide des deux petites piles employées dans l'expérience de M. Arago, soit avec deux lames dont les axes sont disposés rectangulairement, soit enfin avec une seule lame cristallisée. Nous ne considérons que ce dernier cas, les deux autres présentant des phénomènes absolument analogues.

» Pour diviser la lumière en deux faisceaux qui se croisent sous un petit angle et qui puissent ainsi faire naître des franges, l'appareil des deux miroirs est généralement préférable à l'écran percé de deux fentes, parce qu'il produit des franges plus brillantes ; il a d'ailleurs ici l'avantage de donner immédiatement aux deux faisceaux la polarisation préalable nécessaire à notre expérience : il suffit pour cela que les deux miroirs soient de verre non étamé, et inclinés de 35° environ sur les rayons incidents ; il faut avoir soin de les noircir par derrière, pour détruire la seconde réflexion. On place près d'eux, dans le trajet des rayons réfléchis et perpendiculairement à leur direction, une lame de sulfate de chaux ou de cristal de roche, parallèle à l'axe, d'un ou deux millimètres d'épaisseur, en inclinant sa section principale de 45° sur le plan de la polarisation primitive, que nous avons supposé horizontal. L'appareil étant ainsi disposé, on ne verra qu'un seul groupe de franges au travers

dans divers journaux scientifiques, ses lettres remarquables sur les fortifications de Paris, etc., M. Arago a publié, dans l'*Annuaire du Bureau des Longitudes*, un grand nombre de traités sur les chronomètres; la climatologie de Paris, les quantités de pluies tombées à diverses hauteurs au-dessus du sol; des notices sur les étoiles multiples, la pile voltaïque, les

---

de la lame, comme avant son interposition, et il occupera la même position. Mais si l'on met devant la loupe une pile de glaces inclinées dans un sens horizontal ou vertical, on découvrira de chaque côté du groupe central un autre groupe de franges, qui en sera d'autant plus éloigné que la lame cristallisée sera plus épaisse. Remplace-t-on la pile de glaces par un rhomboïde de spath calcaire, dont la section principale est dirigée horizontalement ou verticalement, l'on voit, dans chacune des deux images qu'il produit, les deux systèmes de franges additionnelles, que l'interposition de la pile de glaces avait fait naître; et il est à remarquer que ces deux images sont complémentaires l'une de l'autre, c'est-à-dire que les bandes obscures de l'une répondent aux bandes brillantes de l'autre.

» Nous voyons dans cette expérience une nouvelle confirmation des principes démontrés par les précédentes. Les rayons qui ont éprouvé des réfractions de noms contraires ne peuvent s'influencer, parce que, sortant de la mince lame dans le cas que nous considérons maintenant, ils se trouvent polarisés suivant des directions rectangulaires : en conséquence, les groupes de droite et de gauche ne peuvent exister, à moins qu'on ne rétablisse l'influence mutuelle de ces rayons en les ramenant à un plan commun de polarisation ; c'est ce que fait l'interposition de la pile de glaces ou du rhomboïde. Les franges ainsi produites sont d'autant plus prononcées que les deux faisceaux de noms contraires qui concourent à leur formation sont plus égaux en intensité ; et voilà pourquoi la direction de la section principale du rhomboïde, qui fait un angle de 45° avec l'axe de la lame, est la plus favorable à l'apparition des franges. Quand la section principale du rhomboïde est parallèle ou perpendiculaire à celle de la lame, les rayons réfractés ordinairement par la lame passent en entier dans une image au lieu de se partager entre les deux, et tous les rayons extraordinaires passent dans l'autre image, en sorte qu'il ne peut plus y avoir interférence entre eux, et les groupes additionnels disparaissent : chaque image ne présente plus que les franges qui résultent de l'interférence des rayons de même nom, c'est-à-dire celles qui composent le groupe central.

» Ces deux groupes de franges additionnelles que présentait la lumière polarisée dans la première position du rhomboïde, fournissent un des moyens les plus précis

puits forés, la comète de Halley, les hiéroglyphes égyptiens, etc., etc., et prononcé, pendant qu'il était secrétaire perpétuel de l'Académie des Sciences, les éloges de Delambre, Young, Fourier, James Watt, Gambey, Carnot, Cuvier, Ampère, Condorcet, etc., écrits purement, sans étude et sans raideur, noblement, sans faire consister la noblesse de son style dans des expressions boursoufflées et souvent oiseuses, enfin, avec force et sans affectation, mais avec cette force de l'éloquence qui découle d'une suite de raisonnements justes et rigoureux, qui caractérisent le vrai talent.

Une maladie très rare, très douloureuse et dont les causes ne sont point encore bien connues, le *diabète* (1) abrégea les jours de l'illustre Arago,

---

de mesurer la double réfraction et d'en étudier la loi. En effet, leur position excentrique tient à la différence de marche des rayons ordinaires et extraordinaires qui sont sortis de la lame, et l'on peut juger du nombre d'ondulations dont les rayons extraordinaires du faisceau de droite sont restés en arrière des rayons ordinaires de gauche, par le nombre de largeur de franges comprises entre le milieu du groupe de droite et celui du groupe central. On détermine encore mieux cette différence de marche, en mesurant l'intervalle compris entre les milieux des deux groupes extrêmes, qui est le double de leur distance au milieu du groupe central. C'est la lumière blanche qu'il est le plus commode d'employer dans ces sortes d'observations ; d'abord, parce qu'elle est plus vive ; et, en second lieu, parce qu'elle rend la bande centrale de chaque groupe plus facile à reconnaître. Comparant ensuite l'épaisseur de la lame à la différence de marche observée, on en conclut le rapport des vitesses des rayons ordinaires et extraordinaires. »

(1) Le *diabète* ou *diabétès* est une affection caractérisée par une augmentation considérable dans la sécrétion de l'urine qui contient assez souvent un principe mucose-sucré, par une soif vive et un dépérissement progressif. La nature de cette maladie a été l'objet des recherches d'un grand nombre de médecins : plusieurs ont pensé que le vice des digestions en était la cause première, et que les reins ne jouaient ici d'autre rôle que celui d'offrir une issue plus facile à des sucs mal élaborés. D'autres ont considéré cette affection comme primitivement due à une absorption trop active, qui introduisait dans l'économie une quantité excessive de principes aqueux puisés dans l'atmosphère plus encore que dans le canal digestif. Cette théorie expliquait un des phénomènes les plus remarquables du diabète,

qui, atteint d'une affection si souvent mortelle, ne s'était montré que bien rarement à l'Assemblée législative. Néanmoins, cette âme forte et bien trempée conserva jusqu'au moment suprême toute sa vigueur, toute sa science, tout son patriotisme et retourna au ciel d'où elle était descendue, le dimanche 2 octobre, à 6 heures du soir!

Croit-on qu'un homme à l'esprit vaste et profond comme celui d'Arago puisse mourir? Oh! non, des hommes dont l'intelligence puissante laissent tant de traces de leur passage parmi nous ne meurent point. La science, ils l'ont poussée en avant; l'humanité, ils en ont répandu la pensée et les bienfaits; le patriotisme, ils l'ont soutenu jusqu'au dernier moment. — Prodigues de lumières acquises par le travail et la réflexion, ils s'en sont servis avec bonheur pour l'instruction de leurs semblables, et la postérité leur voue une reconnaissance égale à leurs gigantesques travaux. M. Arago est du petit nombre de ces hommes érudits auxquels la France et le monde entier paient en ce moment un tribu de larmes et de regrets. Jamais popularité ne fut mieux acquise, car il la justifiait au triple titre de savant de premier ordre, d'écrivain élégant et facile, et de patriote ardent et dévoué. Cette gloire vivante du monde civilisé était l'une des plus élevées qu'il y ait jamais eue, car il n'était point en Europe un savant qui ne s'honorât de l'avoir pour correspondant ou pour guide. Ce marcheur intrépide, qui cherchait constamment la vérité dans ce désert aride qu'on nomme la science, vit son voyage abrégé par cette main puissante qui conduit les hommes et les empires par des voies secrètes qu'il n'est donné à personne de pénétrer!

Mais quel est donc l'homme heureux qui apporte ainsi en naissant tant de droits à l'admiration et à la reconnaissance de ses semblables? C'est, selon

---

maladie dans laquelle la quantité de l'urine surpasse souvent celle des boissons. D'autres ont considéré le diabète comme étant dû au relâchement, à un relâchement morbide des reins; quelques-uns, enfin, ont prétendu que la matière sucrée n'était pas formée dans les reins des diabétiques, qu'elle existait dans le sang, et que la sérosité qui se sépare du caillot chez ces malades, offrait une saveur sucrée bien évidente. (CHOMEL.)

nous, celui qui, doué d'une vaste intelligence et d'une volonté ferme, saisit, comme par une soudaine illumination, les principes et leurs conséquences les plus éloignées. C'est celui dont le nom devient la renommée des nations, dont la gloire éclaire tout un peuple, et dont le souvenir honore à jamais la patrie; en un mot, c'est l'*homme de génie*, qui, semblable à ces grands corps de lumière roulant majestueusement dans les cieux, règle les temps, détermine les époques et répand au loin la chaleur et la vie. Inséparable de son siècle, l'homme de génie opère seul de grandes choses; c'est lui qui saisit d'un coup-d'œil l'état des esprits, qui développe jusqu'aux moindres germes, qui réduit en corps les connaissances dispersées, qui en tire des conséquences fécondes, et forme de ces rayons épars un nouveau foyer de lumières. Les matériaux se meuvent à sa voix, se disposent avec ordre, et sont recréés en quelque sorte par la main habile qui les emploie. C'est ainsi qu'*Aristote*, chez les anciens, recueillant tout ce que le période le plus brillant pour l'esprit humain lui fournissait de richesses, jeta dans des ouvrages prodigieux les fondements d'une domination de vingt siècles ! C'est ainsi que *Newton*, dans une époque essentiellement consacrée aux sciences exactes et expérimentales, donna un corps aux spéculations des physiciens et un nouvel esprit à la science même : c'est ainsi que *Buffon*, armé des ressources d'une érudition profonde, peignit la majesté de la création et la grandeur imposante des lois auxquelles elle est assujettie; c'est ainsi que *Cuvier*, interrogeant les débris du déluge, créa une science nouvelle qui démontra la véridicité des livres saints, mise en doute par quelques philosophes du XVIIIe siècle; c'est ainsi que Louis IX, mettant à profit chaque conjecture pour l'affermissement de l'autorité royale, forma du mélange des lois saliques et de quelques autres lois, la législation qui a gouverné la France pendant une longue suite de siècles; c'est ainsi que tous les législateurs habiles, rassemblant les leçons de l'expérience pour les réduire en *code*, ont tracé dans les monuments de leur sagesse, les progrès de l'intelligence humaine. Partout enfin brille l'homme de génie en répandant une vive lumière, soit qu'il s'agisse d'examiner les œuvres des humains, de méditer le plan d'une sage législation ou de discuter les grands intérêts des empires !

B. LUNEL.

RELATION

DES

OBSÈQUES DE FRANÇOIS ARAGO.

(Extrait du *Pays.*)

« Les honneurs funèbres ont été rendus, le 5 octobre, au grand savant que la France vient de perdre. Les illustrations de tous les ordres, la foule qui se pressait autour de son cercueil, rendaient un hommage mérité au génie actif, au travailleur infatigable.

» L'Empereur, qui sait honorer toutes les gloires, a voulu être représenté aux obsèques de l'illustre défunt. M. le maréchal comte Vaillant, grand maréchal du palais, était en grande tenue en tête du cortége, dans une voiture de la maison impériale. Deux officiers de S. M. suivaient dans deux autres voitures de cour.

» M. le ministre de la marine et des colonies, chargé de l'intérim du ministère de l'instruction publique, en l'absence de M. Fortoul, y était également en uniforme, accompagné de son aide-de-camp de service.

» Sorti à midi précis de l'Observatoire, le convoi a traversé lentement la place de l'Observatoire, les rues de l'Est, du Val-de-Grâce et Saint-Jacques. Malgré une pluie battante, une affluence considérable, sympathique et respectueuse, était rangée de chaque côté des rues sur le passage. Un piquet de chasseurs à cheval ouvrait la marche; les 6e, 19e et 53e de ligne formaient la haie. Le 18e bataillon de la garde nationale, commandant Dulong, faisait l'escorte de chaque côté du char.

» Les cordons du poêle étaient tenus par MM. Flourens, secrétaire perpétuel de l'Académie des Sciences physiques; Roux, faisant fonctions de président de l'Académie des Sciences ; l'amiral Baudin, Goudchaux, ancien ministre du gouvernement provisoire, ami du défunt, et deux élèves de l'Ecole Polytechnique, dont il sortit un des premiers en **1802**.

» Le deuil était conduit par MM. Emmanuel et Alfred Arago, ses fils; Jacques Arago, son frère, et Mathieu, son beau-frère, savant modeste et pur qui continuera les traditions de François Arago à l'Observatoire.

» L'armée était représentée par plusieurs de ses braves généraux et des officiers de tous les grades en grande tenue : le général de division Renault, commandant la 2e division de l'armée de Paris, le général Courant, commandant de place de la 1re division, le général Ripert, deux brigades de la 2e division de l'armée, drapeaux et musique en tête, le général de brigade du génie Bizot, commandant l'Ecole Polytechnique, le lieutenant-colonel Labastié, commandant en second; plusieurs professeurs, maîtres et répétiteurs, une députation des élèves de l'Ecole Polytechnique, venaient ensuite.

» L'Académie française était représentée par MM. Villemain, Cousin, Viennet, Mignet, Flourens, Ancelot, Sainte-Beuve, Naudet, secrétaire perpétuel; l'Académie des Sciences, par MM. Liouville, Cauchy, Elie de Beaumont, le général Poncelet, l'amiral baron Roussin, le capitaine de frégate Duperrey, Pelouze, Geoffroy-Saint-Hilaire, Rayer, Payen, Milne Edwards, Serres, Roux, Montagne, Dufrénoy, Regnault; et l'Académie des Beaux-Arts, par MM. Horace Vernet, Heim, Le Bas, Auber, Blouet, Simart, et plusieurs autres membres des corps savants, tous en costume.

» Le service a été célébré par M. le curé de l'église de Saint-Jacques-du-Haut Pas, entouré de tous les prêtres de la paroisse. L'église était trop petite pour contenir l'assistance officielle à laquelle s'était joint un grand nombre d'hommes du peuple.

» A deux heures, le cortége s'est dirigé vers le cimetière du Père-Lachaise dans l'ordre suivant :

» Le clergé, précédé d'un piquet de cavalerie; le char, quatre jeunes gens à pied portant des couronnes d'immortelles, le grand-maréchal du palais dans la voiture impériale, deux autres voitures de la cour, M. le ministre de la marine, les membres de la famille, les officiers-généraux de l'armée et une longue file de voitures contenant les membres de l'Institut, et une foule immense à pied, les troupes d'infanterie marchant sur deux rangs et la garde nationale autour du cercueil.

» Le cortége a traversé les rues Saint-Jacques, Soufflot, la place du Panthéon, les rues Clovis, des Fossés-Saint-Victor et Saint-Bernard ; le quai Saint-Bernard, le pont d'Austerlitz, la place Mazas, le boulevart Contrescarpe, la place de la Bastille, la rue de la Roquette. Il est arrivé au cimetière du Père Lachaise (1) vers trois heures et demie. Les discours suivants ont été prononcés : »

DISCOURS DE M. FLOURENS,

Secrétaire perpétuel de l'Académie des Sciences.

« MESSIEURS,

» La mort nous surprend toujours. Depuis plus de six mois, une maladie cruelle devait nous ôter toute espérance de voir M. Arago revenir parmi nous. Et cependant le coup qui nous frappe nous a aussi profondément consternés que s'il eût été imprévu. C'est que le vide que certains hommes laissent après eux, est encore plus grand que nos craintes mêmes n'avaient pu nous le représenter, et que nous n'en découvrons toute l'étendue que lorsqu'il s'est fait.

» C'est que l'intelligence qui vient de s'éteindre était cette puissante intelligence sur laquelle l'Académie aimait à se reposer : intelligence étonnante, née pour embrasser l'ensemble des sciences et pour l'agrandir, et dans laquelle semblait se réaliser, en quelque sorte, la noble mission de notre Compagnie, et sa devise même, de *découvrir, d'inventer* et de *perfectionner : Invenit et perficit.*

» Dès le début de sa carrière, M. Arago eut le bonheur le plus enviable

---

(1) La tombe d'Arago est située près du rond-point qu'orne la statue de Casimir Périer.

pour un jeune homme qui osait déjà rêver un avenir illustre, celui d'être attaché à un grand maître. Il fut choisi pour aller en Espagne, sous la direction de M. Biot, concourir à l'achèvement de la grande opération scientifique qui devait nous donner une mesure plus précise du globe. Sa vive capacité et le courage ardent avec lequel il se dévoua à cette belle entreprise, lui valurent, à son retour, l'adoption de l'Académie.

» Il avait à peine vingt-trois ans. Sa jeunesse même attira sur lui la plus bienveillante affection; et le corps qui se plaisait à l'entourer de si bonne heure de tant de sympathies, le vit bientôt, avec orgueil, les justifier toutes.

» Ce n'est point ici le lieu de rappeler tous les travaux d'une vie scientifique des plus actives, des plus passionnées, des plus mobiles. M. Arago avait le génie de l'invention. Il a ouvert des routes. Ses découvertes sur la *polarisation colorée*, sur les rapports de l'*aimantation* et de l'*électricité*, sur le *ma-magnétisme*, qu'on a appelé *magnétisme de rotation*, sont de ces découvertes supérieures qui nous dévoilent des horizons inconnus et fondent des sciences nouvelles.

» Il ne fut ni moins habile ni moins heureux dans une autre voie de découvertes. M. Arago ne s'isolait pas dans ses propres succès. Il voulait, avec la même ardeur, les succès du corps auquel il appartenait. Il se faisait un bonheur de chercher les jeunes talents qui promettaient de nouvelles gloires à l'Académie; aussi, dans la carrière des sciences, n'est-il presque aucun de ses contemporains qui ne lui reste attaché par les liens de la reconnaissance.

» M. Arago fut appelé à remplacer, en 1830, M. Fourier, comme secrétaire perpétuel. Dès qu'il parut à ce poste, une vie plus active sembla circuler dans l'Académie. Il savait, par une familiarité, toujours pleine de séduction dans un homme supérieur, gagner la confiance et se concilier les plus vives sympathies : ce don, cet art du succès, il le mit tout entier au service du corps dont il était devenu l'organe.

» Jamais l'action de l'Académie n'avait paru aussi puissante et ne s'étendit plus loin. Les sciences semblèrent jeter un éclat inaccoutumé et porter leurs bienfaisantes lumières sur toutes les forces productives de notre pays.

» Cet homme, d'une pénétration si sûre et si prompte, avait un talent d'analyse extraordinaire. L'exposition des travaux des autres semblait être un jeu pour son esprit. Dans ses fonctions de secrétaire, sa pensée rapide et facile, le tour spirituel, les expressions si piquantes captivaient l'attention de ses confrères, qui, toujours étonnés de tant de facultés heureuses, l'écoutaient avec un plaisir mêlé d'admiration.

» Lorsque les progrès de la maladie lui eurent fait perdre la vue, toutes les ressources du génie si net et si vaste de M. Arago se dévoilèrent pour qui siégeait à côté de lui. De nombreux travaux sur les sujets les plus compliqués et les plus ardus, après une seule lecture entendue la veille, se retraçaient à la plus simple indication, dans une mémoire infaillible, avec ordre, avec suite, et tout cela se faisait naturellement, aisément, sans aucune préoccupation visible. La facilité de la reproduction en dérobait la merveille.

» Comme historien de l'Académie, M. Arago apportait dans cette sorte de sacerdoce si difficile et si redoutable, où il s'agissait de pressentir le jugement de la postérité, une conscience d'étude, une force d'investigation, un désir d'être complètement équitable, qui marquent à ses *éloges* un rang éminent. Dans les écrits de l'éloquent secrétaire se retrouvent toutes les qualités de son esprit, une pénétration sans égale, la verve brillante et le charme de la bonhomie.

» Interprète de cette Académie, dans laquelle M. Arago a siégé pendant près d'un demi-siècle, j'ai voulu ne parler que de l'homme qui nous a appartenu. Cet homme doit survivre pour rester une des illustrations scientifiques de notre pays.

» Les nobles vétérans de la science dans toutes les parties du monde civilisé, de Berlin à Londres, de Saint-Pétersbourg à Philadelphie, partageront notre douleur. Les générations studieuses, qui, depuis quarante ans, se sont succédé, rediront à cette intelligente et patriotique jeunesse qui aujourd'hui les remplace dans nos brillantes écoles, combien il sut s'y faire aimer, et tout ce qu'avait de puissance la bonté sympathique du maître sur la tombe duquel ils viennent porter en ce moment l'hommage de leur douleur.

» Cet homme, en qui se réunissaient tant de supériorités, a rempli une partie de sa vie par le culte de la famille; il avait connu toutes les douceurs de la piété filiale; le lien de ses affections s'étendit sans jamais s'affaiblir ; ses frères, ses sœurs, furent toujours, chez lui, sous le toit paternel ; ses enfants et les leurs lui appartenaient également : aussi trouva-t-il une fille dont les soins pieux et touchants doivent recevoir aujourd'hui le tribut de reconnaissance de l'Académie. »

ALLOCUTION DE M. BARRAL.

« Illustre maître, maître bien-aimé, grand citoyen,

» C'est un devoir et en même temps un bien triste honneur pour moi de venir exprimer un sentiment qui est ici dans tous les cœurs. Ta constante sollicitude pour les progrès de l'esprit humain t'a toujours porté à prendre les jeunes gens dans ta main et à leur inspirer ta passion pour la science. La veille de ta mort, le dernier mot que tu m'as dit a été : Travaillez, travaillez bien !

» Cette sublime leçon restera gravée dans les âmes de tous les jeunes savants. Ils s'efforceront de suivre les voies que ton génie a ouvertes. En t'endormant dans l'immortalité, tu as voulu leur enseigner que le travail est le seul moyen de rendre des services à leur pays et à l'humanité. Merci pour eux. Adieu, au nom de la jeunesse! au nom de son admiration pour toi, de son amour pour ta mémoire, je te le dis : tu peux compter sur elle. — Adieu ! »

DISCOURS PRONONCÉ PAR M. DELESTRE,

Ancien Membre du Conseil Municipal.

« Après l'éloquente énumération de tant et de si glorieux services rendus à la science, on a peine à comprendre comment une existence humaine a pu suffire à ces travaux ; et pourtant je viens déposer encore une couronne civique sur la tombe du savant et consciencieux édile qui fut, pendant plus de vingt ans, l'honneur et la lumière du conseil municipal de Paris et du conseil général du département de la Seine.

» Permettez-moi, Messieurs, de montrer rapidement sous cette face non moins remarquable ce génie observateur, si judicieux dans ses aperçus, si logique dans le choix des moyens d'exécution. Laissez-moi dire un mot de cette aptitude rare à résoudre les difficultés multiples de l'administration urbaine, de façon à concilier les besoins spéciaux des subdivisions de la commune avec l'intérêt général auquel ils doivent être subordonnés.

» Cette étude incessante des exigences sociales touche à tant de solutions gouvernementales : Éducation. — Instruction. — Établissements de bienfaisance. — Hôpitaux. — Prisons. — Salubrité. — Viabilité. — Voirie. — Mont-de-Piété. — Travaux. — Finances. M. Arago ne négligea aucune de ces différentes branches de l'ensemble administratif.

» Il possédait surtout une qualité bien précieuse dans une assemblée délibérante : il allait droit au cœur de la question, il en élaguait les aspérités parasites ; puis, avec cette sûreté de main du grand vulgarisateur, il passait le flambeau de la science sur la partie obscure, et l'unanimité des votes accueillait la proposition nettement formulée du maître, en constatant la confiance illimitée de ses collègues dans ses démonstrations.

» Fort de son indépendance, M. Arago ne transigea jamais avec sa conscience. Absolu dans ses convictions, il eut, au plus haut degré, le courage de son opinion, appuyant sans hésitation ce qu'il croyait juste et utile et repoussant avec énergie ce qui blessait son appréciation personnelle. Sa polémique à l'occasion des fortifications de Paris en est la preuve éclatante. C'est dans le même esprit qu'il insista, dans le sein du conseil, pour faire attribuer à l'érection d'une fontaine publique l'allocation sollicitée pour l'achat d'une épée à offrir à un prince au berceau.

» A une époque d'agitation politique, M. Arago a su conquérir l'estime et l'affection des hommes éclairés de tous les partis. Tel n'aurait pas donné son suffrage au candidat à la députation, qui se faisait un devoir de voter pour l'administrateur intègre et désintéressé.

» Les pouvoirs délégués au conseil municipal allaient expirer ; une petite fraction d'électeurs censitaires se présente devant le préfet de la Seine et le prie de leur indiquer un concurrent à opposer au tribun populaire. — « Messieurs, » leur répond M. de Rambuteau (nous lui devons cette justice de le nommer), « Messieurs, le successeur à donner à M. Arago, c'est » M. Arago lui-même. »

» L'état de la caisse de la ville éveillait la plus scrupuleuse attention de M. Arago, non pas qu'il refusât systématiquement les fonds réclamés par la préfecture, mais il s'attachait principalement à maintenir l'équilibre des recettes et des dépenses, afin d'exonérer le présent des charges du passé, sans obérer l'avénir, tout en satisfaisant aux nécessités du moment.

» Une des préoccupations de M. Arago fut la distribution des eaux au point de vue de la salubrité publique, et, il faut le dire aussi, de l'alimentation du pauvre. M Arago appuya de tout son crédit l'application du système des turbines de M. Fourneyron à ce but philanthropique. A défaut de ce moyen puissant, il prêta son concours à l'habile et persévérant ingénieur Mullot. Paris fut doté du puits artésien de Grenelle, et une source pure et limpide jaillit d'une profondeur de 548 mètres.

» Le nom de M. Arago est inscrit dans tous les procès-verbaux des séances où de hautes questions furent traitées ; c'est dire assez quelle fut sa longue et souvent indispensable coopération.

» M. Arago ne quitta son siége municipal que pour entrer au gouvernement provisoire de la République; mais, encore fatigué de cette rude besogne, il revint occuper sa place parmi les conseillers municipaux et départementaux, qui déjà l'avaient appelé à la présidence et le réélurent avec acclamation.

» Jamais fonction plus délicate ne fut mieux remplie. C'est avec une impartialité constante, avec un tact parfait et le sentiment le plus exquis des convenances que M. Arago dirigeait la discussion sans s'y mêler autrement que par une attention soutenue, afin d'en résumer les éléments avec une lucidité concluante.

» Toujours le premier dans la salle des réunions, il en sortait le dernier, après avoir communiqué à l'examen des affaires cette activité d'esprit dont il usait si largement au profit des intérêts confiés à sa sollicitude.

» Veut-on se faire une idée exacte de la manière dont M. Arago envisageait les fonctions municipales? Il faut lire sa notice sur Bailly, dont la carrière a présenté plus d'une analogie avec la route suivie par son illustre historien. On y trouvera des réflexions pleines d'à-propos et de justesse, des remarques fines et souvent piquantes, échappées malicieusement à la plume du critique et du praticien, mais où respire aussi pardessus tout, l'amour de la chose publique et la sévère probité du magistrat.

» Enfin, lorsqu'apparurent les symptômes de la triple affection morbide à laquelle il a succombé, M. Arago déposa l'écharpe municipale, sans cesser de suivre des yeux et du cœur la gestion des affaires auxquelles il avait consacré déjà tant de jours.

» M. Arago laisse un souvenir impérissable dans les archives de l'édilité parisienne.

» La capitale de la France ornera le front de son palais de la statue d'Arago, et s'en orgueillira comme de l'un des plus brillants joyaux de sa couronne.

» Messieurs, à cette heure suprême d'un solennel adieu, puisse ma faible voix franchir l'espace incommensurable qui nous sépare aujourd'hui de l'homme de bien, du magistrat irréprochable, et arriver jusqu'à lui comme un écho de la grande cité, comme un témoignage de la vive sympathie et de la reconnaissance de ses concitoyens en pleurs !

» Adieu ! maintenant, mon ancien collègue, mon excellent ami !

» Pour la dernière fois, adieu ! ! ! »

Enfin, le vice-amiral Baudin, président du Bureau des Longitudes, a dans un discours improvisé, rendu hommage aux qualités sociales qui distinguaient si éminemment M. Arago. Il a dépeint le respect et l'affection dont ce savant était entouré au sein du Bureau des Longitudes, qui était en quelque sorte sa famille. L'amiral a aussi fait l'éloge « de la conduite de M. Arago, lorsque, nommé ministre de la marine après la catastrophe de Février, il s'attacha à mettre l'ordre dans le désordre, se montrant toujours calme et bienveillant, jetant au feu les dénonciations, apaisant toutes les exaltations, refusant les démissions qu'un sentiment honorable d'attachement à la famille d'Orléans portait quelques officiers à offrir, en engageant chacun à faire son devoir et à bien servir le pays.

» Pendant les quatre mois qu'il occupa le portefeuille de la marine, M. Arago, en face des embarras du Trésor, s'abstint de toucher son traitement de ministre, voulant que ses services dans ces difficiles circonstances fussent purement gratuits. » L'amiral a cité ce trait de patriotique désintéressement, « non pas, a-t-il dit, pour les hommes qui connaissent le noble caractère de M. Arago, mais pour ceux qui ne le connaissaient pas assez. »

Le vent qui soufflait et la pluie qui tombait avec force n'ont permis de recueillir qu'une partie de ce discours.

FIN.

BIOGRAPHIE D'ARAGO

Sa Naissance. — Sa Vie Scientifique et Politique. — Sa Mort,

LES DISCOURS PRONONCÉS SUR SA TOMBE,

AVEC LE PORTRAIT DE M. ARAGO

Et des Notes Scientifiques sur la Télégraphie Electrique, la Polarisation de la Lumière, le Diabète, etc.,

Par B. LUNEL,

Membre de l'Académie Impériale des Sciences de Caen, etc.

Prix : 1 franc 25 cent.; par la Poste, 1 franc 50 cen

Envoyer en un mandat (franco), à l'ordre de M. GRUNER, Libraire, rue Serpente, 26, à Paris.

PARIS.—Imp. de Mme de Lacombe, rue d'Enghien, 14.

www.ingramcontent.com/pod-product-compliance
Ingram Content Group UK Ltd.
Pitfield, Milton Keynes, MK11 3LW, UK
UKHW021206230726
13926UKWH00001B/351

9 782014 452785